LE PETIT LIVRE

à Quinze Sols,

OU LA POLITIQUE DE POCHE,

A L'USAGE DES GENS QUI NE SONT PAS RICHES;

par le Père Michel

Devenu Auteur sans le savoir.

PROSPECTUS DE L'EDITEUR

Voulez vous savoir les nouvelles importantes que les journaux ne publient pas? lisez le Petit Livre du Père Michel.

Vous faut-il beaucoup de pages pour peu d'argent? voulez-vous un petit livre au prix d'un port de lettre? procurez-vous le Père Michel.

Vous aurez 108 pages pour 15 sols, et 12 volumes en moins de 3 mois pour 9 francs, franc de port, format in-18.

Voulez-vous ne point acheter en aveugle les ouvrages et brochures politiques, et connaître tout ce qui mérite d'être lu par les hommes

LE PETIT LIVRE

à Quinze Sols.

AVIS.

L'abonnement est de 9 francs pour Paris, et de 11 francs pour les départemens, *franc de port.*

L'argent, les lettres et les paquets doivent être adressés, *francs de port,* au Bureau, rue des Bons-Enfans, n°. 23, *à Paris.*

On souscrit à PARIS :

Chez M. POULAIN, au Bureau, rue des Bons-Enfans, n°. 23 ;

Et chez :

POULET, Imprimeur-Libraire, quai de Augustins, n°. 9 ;

PLANCHER, Libraire, rue Poupée, n°. 7 ;

DELAUNAY, Libraire, Palais-Royal ;

EYMERY, Libraire, rue Mazarine, n°. 30.

LE PETIT LIVRE

à Quinze Sols,

OU

LA POLITIQUE DE POCHE,

A L'USAGE DES GENS QUI NE SONT PAS RICHES;

Par le Père Michel,

Devenu Auteur sans le savoir.

〰〰〰〰〰〰〰〰〰〰〰〰

Tome.

〰〰〰〰〰〰〰〰〰

PARIS,

DE L'IMPRIMERIE DE POULET,

QUAI DES AUGUSTINS, N°. 9.

〰〰〰〰〰

1818.

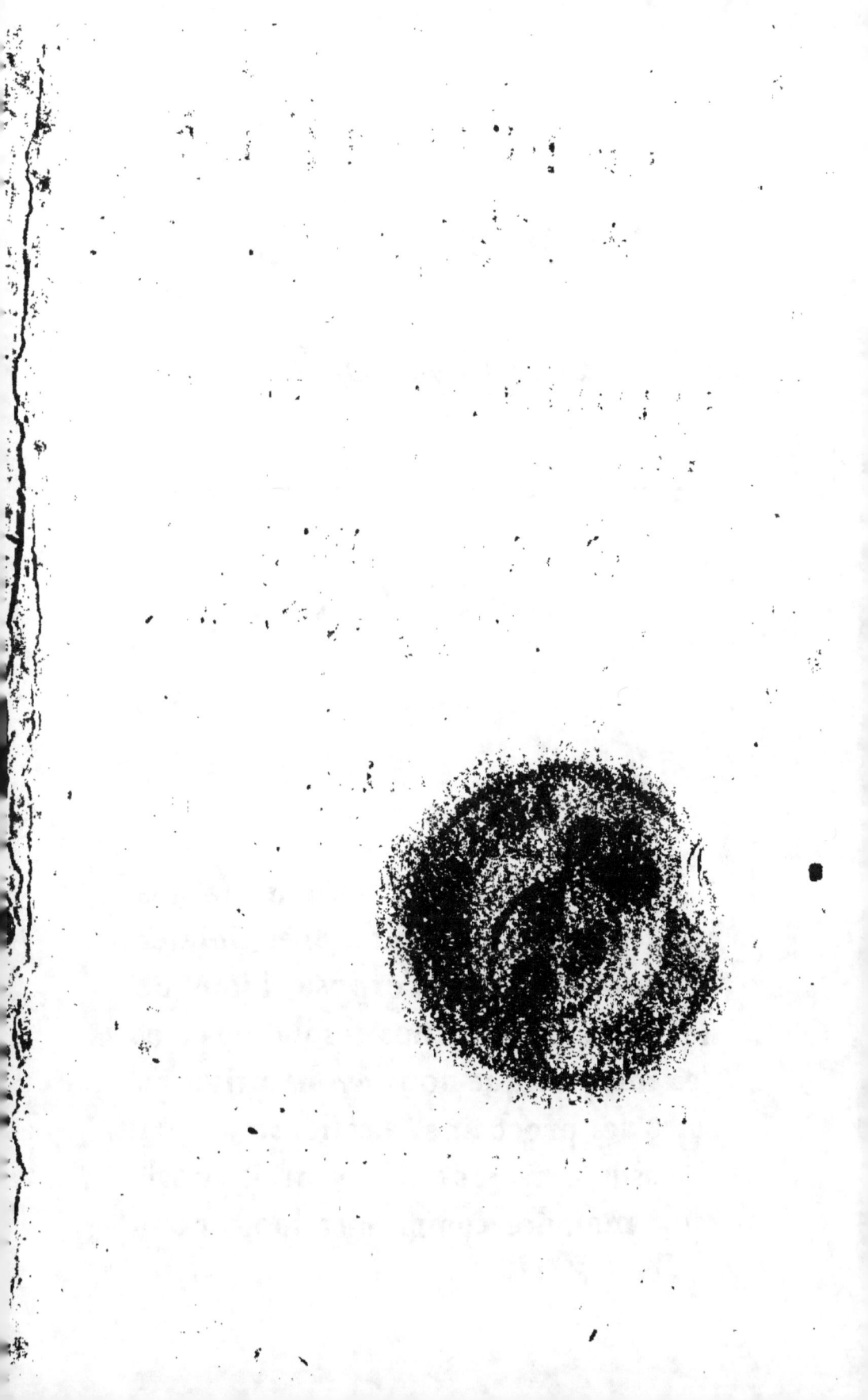

LE PETIT LIVRE

à *Quinze Sols.*

ÉLECTIONS.

—

Monsieur,

Nous vous prions, au nom de nos co-électeurs, de vouloir bien insérer dans votre ouvrage l'exposé ci-joint de nos principes, de nos résolutions, et des mesures que nous avons prises au sujet des prochaines élections.

Jusqu'à ce jour il n'y avait jamais eu la moindre communication, non-seulement entre les constitutionnels d'un département à un autre, mais encore entre ceux du même département, avant le jour de leur réunion générale.

Cependant les constitutionnels ayant à lutter contre l'union et les brigues depuis long - temps formées d'un parti antinational, et *se disant royaliste;* le concert le plus parfait régnant entre tous les vœux et tous les intérêts dans ce parti; chaque votant s'y soumettant à la volonté des chefs, et ainsi une seule voix n'y étant jamais perdue;

D'une autre part, le ministère ayant non-seulement enchaîné les journaux, mais les ayant transformés en apologistes de sa conduite et en accusateurs virulens des constitutionnels, le ministère, qui exerce une influence incalculable par ses agens secrets, par les fonctionnaires et par la distribution ou les promesses de ses faveurs, ayant eucore fait répandre avec profusion les écrits de ses écrivains brevetés, nous avons jugé qu'il nous était indispensable d'unir nos efforts contre des adversaires si puissans et si favorisés.

Nous avons donc formé un comité central dans le chef-lieu de notre département, et avons ordonné à ce comité de prendre pour guides les hommes qui se sont rendus les plus recommandables, soit au dedans, soit au dehors des Chambres, par le courage et le talent qu'ils ont montrés dans la défense des libertés, de l'indépendance constitutionnelle et nationale, et de correspondre avec eux.

Nous avons aussi chargé notre comité de l'importante obligation de signaler, sur les listes de notre département, les électeurs qui y ont été inscrits, quoiqu'ils ne paient pas les

300 fr. d'impositions exigés par la loi, et de provoquer leur radiation auprès du préfet, ou par les moyens légaux si le préfet ne fait pas droit à leur plainte.

Notre comité travaille encore à obtenir l'inscription d'un grand nombre d'électeurs qui n'ont pas été portés sur la liste, quoiqu'il soit notoire, par les états de la direction des contributions directes, que ces citoyens sont électeurs de droit.

En conséquence, le comité a été chargé de nommer un électeur dans chaque canton pour y vérifier les droits légitimes ou illégitimes de chacun, et pour y transmettre les instructions et les connaissances nécessaires dans de si graves circonstances.

Tout marche, tout va bien; en peu de jours tous les constitutionnels se sont ralliés, et par la mesure la plus simple, puisque nous l'avons imitée de nos adversaires, nous avons donné à notre cause un ensemble que, jusqu'à ce jour, elle n'avait jamais eu.

Notre comité s'est entendu au dehors avec les défenseurs des libertés nationales, que nous l'avions chargé de prendre pour guides (1); il a mis sous leurs yeux une notice exacte sur chacun des candidats qu'offre notre département; il a exposé fidèlement, et sans partialité, leur capacité et leurs droits à la confiance.

Les guides que nous avons donnés à notre comité ont prononcé sur les choix à faire, et comme ils sont convenus antérieurement entre eux que

---

(1) Une liste particulière, que nous ne devons pas publier, nous donne les noms de ces respectables guides pris dans les deux Chambres et parmi les hommes dont le talent honore autant la France que leur courage défend bien la liberté.

tout département doit avoir dans la Chambre au moins un orateur ou un bon écrivain, que notre département ne saurait trouver dans son sein, ils nous en ont indiqué au dehors un assez grand nombre, en nous faisant connaître ceux qui étaient déjà portés ailleurs.

Fidèle aux devoirs qu'il avait à remplir, notre comité a définitivement arrêté la liste sur laquelle doit voter chaque électeur constitutionnel. Il a fait plus, il a envoyé vers les hommes indolens et timides, pour leur représenter les dangers auxquels ils s'exposaient eux-mêmes par leur indifférence pour la chose publique, et pour leur démontrer l'absurdité des craintes que nos adversaires leur ont inspirées.

Nous sommes parvenus ainsi à réunir toutes nos forces, à rendre impuissantes toutes les intrigues de nos adversaires pour nous diviser : toutes les

voix se porteront non-seulement sur
les mêmes candidats, mais encore sur
les mêmes hommes, pour la formation
des bureaux qu'il est d'une si haute
importance de composer de citoyens
fermes et clairvoyans.

Nous pouvons donc assurer d'avance
que dès le premier scrutin, nous aurons
et les bureaux et les députés que nous
désirons, car la proportion des votes
est celle-ci à peu près :

Révolutionnaires se disant *royalistes*,

Ci. 4

Ministériels. 3

Constitutionnels. 11

Si nous n'avions pas pris ces mesures, il n'est pas douteux que nous
n'eussions perdu un tiers, soit par l'em-
bauchage qu'auraient fait nos adversaires, soit par l'éloignement dans

lequel se seraient tenus les hommes qui, se résignant à tout, croient que les choses n'en iront ni pis ni mieux, quand ils s'en mêleraient.

Les élections se seraient prolongées, les intrigans auraient eu le temps de s'agiter, de brouiller les esprits, d'entraîner ou de lasser les faibles, et il nous serait arrivé ou d'être vaincus, ou de n'avoir qu'un demi-triomphe, comme cela est arrivé l'an dernier à Paris.

Nous croyons aussi devoir vous communiquer le discours qui a été prononcé par l'un de nous dans notre première réunion. Nous ne nous estimons pas dignes d'être pris pour modèles, mais Français et défenseurs de la liberté constitutionnelle, nous regardons comme un devoir de faire connaître à tout le monde quels sont notre but, nos moyens et nos intentions. Notre exemple provoquera, peut-

3º. L'ouvrage qui développera le mieux les avantages de la Charte, entraînerait son anéantissement ou sa violation, et enfin

être, bien d'autres communications publiques à ce sujet; et il n'est pas douteux que la France n'y trouve le très-grand avantage *d'être éclairée sur ses vrais intérêts.*

Discours d'un électeur du département de....... prononcé le 15 juillet.

Messieurs,

Tout Français, tant soit peu éclairé, est convaincu que les maux dont la France a été affligée sont venus de l'arbitraire.

Chacun sait aujourd'hui que ceux qui ont été à la tête des affaires, sous les divers gouvernemens, dominés par leur orgueil, leur ambition et le plus criminel égoïsme, n'ont rien fait ponr la patrie, mais qu'ils ont sacrifié à leurs propres intérêts, les hommes, les richesses et la liberté de leur pays.

Tome VIII.   2

Nous avons donc payé nous-mêmes le prix des fers qu'on nous a donnés, en ne chargeant de nous représenter au Corps Législatif que des hommes toujours disposés à consentir aux maux qu'on voulut nous faire, et à les consacrer par leurs votes.

Aujourd'hui nous sommes en face d'une faction audacieuse, qui cache d'autant moins sa haine et ses projets contre la Charte et la liberté, qu'elle a envahi toutes les places, et qu'elle aspire à rendre impuissantes les lois qui nous mettent à l'abri de ses coups.

Le ministère vient de nommer à des places importantes une multitude de députés qui ont voté ou parlé pour lui dans la Chambre.

Forts de la longue et cruelle expérience que nous avons faite, éclairés sur notre situation actuelle, sur la nécessité de nous renfermer dans la

Charte, nous devons nous unir enfin pour consolider la liberté qu'elle consacre.

Si nous continuons à vivre au jour le jour, à nous laisser décevoir par de vaines promesses, si nous continuons à nous laisser désunir, à nous résigner, à fermer les yeux sur les funestes projets de la faction, sur la marche des ministériels, nous aurons perdu jusqu'au droit de nous plaindre.

La charte et les élections nous offrent des moyens pacifiques et légitimes de salut : saisissons-les. Nommons des députés qui défendent courageusement la liberté constitutionnelle, appelons à notre secours des hommes qui unissent le désintéressement aux talens oratoires, à l'énergie, au savoir, au dévouement.

Repoussons tout homme capable de

se laisser corrompre, tout homme qui, fût-il même de bonne foi, et dans les meilleures intentions, n'a pas assez de lumières et d'expérience pour se garantir des piéges de la ruse et de la séduction.

Persuadons-nous bien, Messieurs, que toutes les fortunes, toutes les libertés, tous les droits individuels sont garans les uns des autres, que les diviser ou les isoler, c'est les détruire, et qu'ils ne peuvent plus que triompher ou périr tous ensemble.

Éclairons donc nos concitoyens, efforçons-nous de leur démontrer qu'il ne fut jamais un système plus absurde que celui de former les députations dans l'intérêt privé de chaque département; que chaque députation, aussitôt qu'elle a été admise dans la chambre, n'appartient plus à ceux qui l'ont envoyée, mais à l'universalité des Français.

Apprenons-leur à cesser de regarder leurs députés comme les hommes d'affaires du pays qui les a élu , en effet, si un député s'occupe de solliciter des places, il est évident qu'il n'a qu'un seul moyen de réussir, celui de se mettre en faveur auprès des ministres : or nous savons que leur faveur n'est réservée qu'à ceux qui votent dans leurs intérêts.

Ainsi pour servir sa clientelle, ce député doit oublier ses devoirs, et renoncer à combattre les mesures qui pourraient être funestes à tous les Français.

Mais ces vérités sont inconnues à la foule, et c'est à nous qu'il appartient de les répandre et de les faire triompher.

Ainsi il importe peu que les députations soient composées en totalité ou en partie d'hommes domiciliés de *fait* dans les départemens qui les nomment, pourvu qu'elles soient composées d'hommes fidèles à leur mandat.

Qu'il me soit permis, messieurs, de prouver la justesse de mes raisonnemens sur ce point, en vous offrant un exemple qui, je l'espère, ne laissera rien à désirer.

Supposons que la Chambre soit dissoute, et, ainsi, qu'on en vienne à la renouveler en entier comme en 1816.

Supposons encore que, d'après les considérations que je viens de vous exposer, les électeurs constitutionnels de chaque département se mettant peu en peine d'obéir à l'ancienne routine, appellent du dehors, s'il le faut, à la Chambre, au moins un orateur ou un écrivain distingué, il est évident que la Chambre réunira l'élite des talens de la France, et qu'on y comptera d'abord 84 députés du premier mérite ; ensuite au moins 16 autres députés d'un mérite égal (je suis loin de toute exagération), qui se seront trouvés naturellement élus dans leur pays.

Il ne faut pas un grand effort d'esprit pour apercevoir ce qui résulterait d'une telle composition. Il ne faut que considérer quels rudes coups le côté gauche a portés au pouvoir arbitraire, quoiqu'il ne se compose que d'une poignée d'orateurs, pour se convaincre de la force du parti constitutionnel.

Il est vrai que dans une telle Chambre il ne se trouverait, du côté gauche, aucun protecteur de clientelles provinciales; mais nous verrions diminuer les charges de l'Etat, créer une armée et une garde nationale, et réparer tous les maux nés de la longue réaction de 1815.

Nous verrions confier aux seuls Français le soin de défendre la France;

la dilapidation, l'abus des pensions ou des grades cesseraient ; la liberté du citoyen serait mise à l'abri de tout arbitraire ; les fonctionnaires ne seraient plus que les organes des lois ; toutes les haines se calmeraient, parce que nul n'aurait le droit d'opprimer son concitoyen ; l'union renaîtrait parmi nous, nous rendrait nos forces, ferait refleurir nos lauriers, revivre notre prospérité, et loin de rester encore sous la honteuse et ruineuse tutelle de l'étranger, nous le verrions solliciter notre alliance et notre amitié.

La majorité demeurera du côté du pouvoir, jusqu'à ce que l'éloquence, jointe à l'énergie, ait rallié les élémens de cette force nationale et invincible qui naît de l'esprit public.

Aurai-je besoin de vous dire, messieurs, que c'est trahir, que c'est sacrifier impitoyablement nos intérêts com-

muns, que de choisir pour représen-
tans des hommes qui sont aux gages
du pouvoir?

Dans un procès civil ou criminel,
n'avons-nous pas le droit de récuser
les juges ou les jurés? ne voyons-nous
pas récuser souvent comme témoins
les parens, les amis, et même les do-
mestiques? n'est-il pas interdit au
père et au fils, ou aux deux frères,
d'opiner comme juges dans la même
affaire? Eh quoi! dans la moindre
contestation, nous ne voudrions pas
pour arbitre le conseil de celui contre
lequel nous plaidons, et lorsqu'il s'agit
de voter un budget d'un milliard, de
décider de la liberté et des droits de
3o millions de citoyens, nous irions
choisir pour nos défenseurs ceux qui
ne pourraient défendre notre cause
sans compromettre leur fortune, ceux
qu'un arrêté du ministère peut renver-

ser en les destituant, ou en supprimant les salaires qu'il leur accorde!

Je finis, messieurs, en vous proposant d'exiger de ceux que nous nommerons, qu'ils prennent sur leur honneur l'engagement,

1°. De rendre la presse libre ;

2°. De ne jamais abandonner la défense de l'opprimé qui réclamera leurs secours.

3°. De s'interdire toute sollicitation de places ou de pensions, et même toute communication intime avec les ministres, jusqu'à ce que ceux-ci aient consenti au rétablissement du régime constitutionnel ;

4°. De travailler sans relâche à faire rétablir le jury dans toute sa pureté, et à en provoquer l'application à tous les délits correctionnels ;

5°. A faire abolir la loi du 9 novembre, en faisant déclarer qu'elle a cessé d'avoir son effet en même temps que les cours prévôtales dont elle n'était que le préparatoire;

6°. A fixer la législation sur la calomnie, de manière à ce qu'on ne puisse plus condamner un citoyen comme un imposteur pour avoir avancé et offert de prouver par témoins des délits dont la poursuite est d'un intérêt capital pour la société;

7°. A faire déclarer en principe, que la loi ne peut jamais être interprétée qu'en faveur des accusés;

8°. A faire déclarer de même, non-seulement que tout fonctionnaire est responsable de l'abus qu'il pourrait faire du pouvoir, mais encore que tout citoyen a le droit de le poursuivre, sans autorisation quelconque, même pour des actes qui n'auraient pas été exercés contre sa personne, et que

toute condamnation prononcée pour
délit d'arbitraire entraînera de droit la
suspension des droits civils ;

9°. A faire établir et consacrer
toutes les garanties nécessaires à la
liberté individuelle ;

10°. Ce n'est pas tout encore, messieurs, un député doit s'engager aussi
à n'accepter ni place, ni pensions, ni
décorations, ni titres, soit durant
l'exercice de ses fonctions, soit dans
l'année qui suivra leur expiration. (1)

Tels sont, messieurs, selon moi,
les devoirs d'un député chargé de
veiller aux intérêts du peuple, et de
lui conserver sa liberté ;

Tout homme qui s'y refuserait serait
indigne d'être élu ; et celui qui man-

_____

(1) Les fonctions militaires exceptées
en cas de guerre. En Angleterre un mem-
bre du parlement qui accepte une place doit
être réélu.

querait à ses obligations, après les avoir contractées, devrait être accablé du mépris public.

A........., le 15 juillet 1818.

La copie qui nous a été remise certifie que la minute contient 983 signatures, dans un département dont le collége n'aura que trois sections.

ASSEMBLÉES DÉLIBÉRANTES.

Ceux qui attribuent aux seules assemblées délibérantes tous les maux de la révolution, n'ont pas réfléchi à cette force invisible qui pousse en sens si opposé les hommes qui composent ces asssemblées ; ils n'ont point réfléchi à cette action occulte qui agit sur les talens les plus distingués, sur la probité la plus exacte et le courage le plus éminent.

Il est des citoyens, placés au premier rang dans leurs provinces, qui ne sont plus que de grands enfans politiques dans un corps-législatif, et qui ne connaissant ni les hommes ni les choses, deviennent aussitôt des instrumens passifs.

La science politique est la plus difficile de toutes, mais surtout dans les temps de troubles et de factions, où les chefs des divers partis marchent à leur but, sous l'apparence du désintéressement.

Un pays qui ne sera pas gouverné par des ministres dévoués au bien de leur patrie, n'aura jamais qu'une représentation dangereuse, si les peuples, éclairés sur leurs vrais intérêts, ne les confient à des citoyens consommés en expérience, en énergie et en probité. Plus on désire avec ardeur le maintien du régime constitutionnel, plus il faut rechercher ces amans jaloux de la liberté, toujours en garde contre le pouvoir, et toujours alarmés sur ses empiètemens. Le nombre d'hommes corrompus ou corruptibles est si grand, qu'il ne faut pas craindre de ne pas les voir abonder.

Le nombre d'hommes faciles à tromper, à intimider, ne l'est pas moins.

L'on voit dans les assemblées, dès les premiers jours, les esprits réputés les plus solides, partager toutes les passions invisibles qui tourmentent les ambitieux, où les terreurs paniques que les hommes du pouvoir cherchent à leur inspirer pour les neutraliser, n'ayant pu les attirer franchement dans leur parti. Ces hommes du pouvoir préparent leurs moyens long-temps d'avance; leurs ressources sont inépuisables; faisant agir et réagir les députés les uns sur les autres, ils parviennent à ranger dans leur parti ceux qui étaient arrivés avec la plus ferme résolution de s'en tenir éloignés. Les incidens se multiplient; les amours-propres se heurtent. « Les hommes qui combattent l'arbitraire sont trop ar-dens; craignez de suivre leurs ban-nières, disent les ministres; voulez-vous nous plonger encore dans de nouvelles révolutions ? La peur s'empare de ces esprits faibles , qui dès-lors marchent sans direction ; tandis que les hommes du pouvoir vont à leur but.

Dans quel pays devrait-on mieux savoir toutes ces choses qu'en France, où tant d'assemblées ont présenté le tableau que je ne fais qu'esquisser ? Dans quel pays les colléges électoraux pourraient-ils avoir plus de motifs d'éloigner des assemblées nationales les hommes qui n'offrent pas , dans une énergie profonde , et dans un talent connu , toutes les garanties dont la liberté publique ne peut se passer?

Il est donc essentiel , puisqu'il ne suffit pas de chercher ces hommes dans son département , de présenter aux Français quelques notices sur les candidats les plus dignes de fixer leurs suffrages ; candidats qui, n'ayant point de prôneurs, et quoique remplis de mérite, demeurent ignorés. Puissent les électeurs composer leurs députations de ceux que nous leur signalerons ! Puissent-ils se convaincre qu'on ne peut combattre les hommes à talent, comblés d'honneurs et de biens, par les ministres qui les emploieraient contre nos libertés, qu'en leur opposant des citoyens d'un talent au moins égal et d'un désintéressement bien éprouvé !

DÉPUTÉS A ÉLIRE.

—

Le général La Fayette.

M. La Fayette, ayant combattu dès sa première jeunesse pour la cause de l'Amérique, s'était pénétré de bonne heure des principes de liberté qui font la base du gouvernement des Etats-Unis. S'il a commis des erreurs relativement à la révolution de France, elles tiennent toutes à son admiration pour les institutions américaines, et pour le héros citoyen Washington, qui a guidé les premiers pas de sa nation dans la carrière de l'indépendance. M. La Fayette, jeune, riche, noble, aimé dans sa patrie, quitta tous des avantages, à l'âge de dix-neuf ans, pour aller servir au-delà des mers cette liberté dont l'amour a décidé de toute sa vie. S'il avait eu le bonheur de naître aux Etats-Unis, sa conduite eût été celle de Washington : le même désintéressement, le même enthousiasme, la même persévérance dans les opinions, distinguent l'un et l'autre de ces généreux amis de l'humanité. Si le général Washington avait été, comme le marquis de La Fayette, chef de la garde nationale de Paris, peut-être aussi n'aurait-il pu triompher des circonstances; peut-être aurait-il échoué contre la difficulté d'être fidèle à ses sermens envers le Roi, et d'établir cependant la liberté de la nation.

M. La Fayette, il faut le dire, doit être considéré comme un véritable républicain; aucune des vanités de sa classe n'est jamais entrée dans sa tête;

la puissance dont l'effet est si grand en
France, n'a point d'ascendant sur lui ;
le désir de plaire dans les salons ne
modifie pas la moindre de ses paroles ;
il a sacrifié toute sa fortune à ses opinions avec la plus généreuse indifférence. Dans les prisons d'Olmutz,
comme au pinacle du crédit, il a été
également inébranlable dans son atta-
chement aux mêmes principes. C'est
un homme dont la façon de voir et de
se conduire est parfaitement directe.
Qui l'a observé peut savoir d'avance
avec certitude ce qu'il fera dans toute
occasion. Son esprit politique est pareil à celui des Américains des Etats-
Unis, et sa figure même est plus an-
glaise que française. Les haines dont
M. La Fayette est l'objet, n'ont jamais
aigri son caractère, et sa douceur d'ame
est parfaite ; mais aussi rien n'a jamais
modifié ses opinions, et sa confiance
dans le triomphe de la liberté est la

même que celle d'un homme pieux dans la vie à venir. Ces sentimens, si contraires aux calculs égoïstes de la plupart des hommes qui ont joué un rôle en France, pourraient bien paraître à quelques-uns assez dignes de pitié : il est si niais, pensent-ils, de préférer son pays à soi, de ne pas changer de parti quand ce parti est battu; enfin de considérer la race humaine, non comme des cartes à jouer qu'il faut faire servir à son profit, mais comme l'objet sacré d'un dévouement absolu. Néanmoins, si c'est ainsi qu'on peut encourir le reproche de niaiserie, puissent nos hommes d'esprit le mériter une fois ! C'est un phénomène singulier, qu'un caractère pareil à celui de M. La Fayette se soit développé dans le premier rang des gentilshommes français; mais on ne peut l'accuser ni le juger impartialement sans le reconnaître pour tel que je viens de le

peindre. Il est alors facile de com-
prendre les divers contrastes qui devaient naître entre sa situation et sa
manière d'être. Soutenant la monarchie, par devoir plus que par goût, il
se rapprochait involontairement des
principes des démocrates qu'il était
obligé de combattre ; et l'on pouvait
apercevoir en lui quelque faible pour
les amis de la république, quoique sa
raison lui défendît d'admettre leur système en France. Depuis le départ de
M. La Fayette pour l'Amérique, il y
a quarante ans, on ne peut citer ni
une action ni une parole de lui qui
n'ait été dans la même ligne, sans
qu'aucun intérêt personnel se soit jamais mêlé à sa conduite. Le succès
aurait mis cette manière d'être en re-
lief ; mais elle mérite toute l'attention
de l'historien, malgré les circonstance,
et même les fautes qui peuvent servir
d'armes aux ennemis.

Tel est le portrait que fait madame de Staël de M. La Fayette, l'homme célèbre le plus modeste qu'on puisse trouver.

Nous donnerons, dans un autre tome, le portrait qu'en a fait lady Morgan. Il sera piquant d'opposer le jugement de ces deux femmes célèbres, aux contes absurdes, aux misérables calomnies des ennemis du général. Il ne leur suffit pas d'attaquer sa réputation, ils en veulent aussi à sa constitution physique. Chacun sait que le général La Fayette est âgé d'environ 60 ans, qu'il jouit d'une santé parfaite, qu'il est d'un calme et d'une gaîté inaltérables, que tous ses penchans l'attirent vers la vie domestique, et que sa seule passion est de voir consolider la liberté constitutionnelle de son pays. Ils le font âgé de 80 ans, accablé d'infirmités, affligé d'une surdité qui ne lui permet de se prêter à la conversation qu'à l'aide d'un cornet ; d'un caractère morose et triste, et surtout dévoré d'ambition.

Il est bien que le public soit instruit de ces petites ruses de guerre qui se renouvelleront sans doute, toutes les fois qu'il sera question de porter le général La Fayette au Corps-Législatif. Il est naturel que la présence d'un homme de ce caractère, toujours constant dans ses principes et son désintéressement, déplaise à ceux qu'on a vus si souvent opposés à eux-mêmes dans leurs opinions, et toujours fidèles à leurs principes de domination.

Benjamin Constant.

BENJAMIN CONSTANT, dont les ancêtres furent chassés de France comme protestans, y est rentré en vertu d'un décret de l'assemblée constituante qui rappelait tous les religionnaires victimes de cette atroce autant qu'impolitique proscription ; l'on aurait donc lieu de s'étonner qu'il y ait des hommes qui s'opiniâtrent encore à le traiter d'étranger, si l'on ne savait qu'il n'est rien que ces hommes ne fassent pour décourager les défenseurs de la liberté, et pour égarer sur eux l'opinion. Mais en dépit de leurs clameurs et de leurs diatribes, qui ne déshonorent qu'eux, Benjamin Constant est Français d'origine comme il l'est de cœur.

Nous allons prouver que la France doit le compter au nombre de ses plus célèbres citoyens, et faire connaître ce qu'il a fait pour la liberté.

Dans le tribunat, il lutta courageusement contre l'arbitraire ; il ne cessa de réclamer pour le droit de pétition, contre le rétablissement des rentes féodales, contre les tribunaux spéciaux.

Après la bataille de Marengo, et pendant que l'Europe était aux pieds du vainqueur, il demanda avec force l'entière exécution des lois constitutionnelles, et surtout *l'Indispensable* liberté de la presse; il osa offrir Washington pour modèle à l'homme qui voulait le pouvoir illimité; il l'irrita, et fut du nombre des vingt premiers tribuns éliminés.

Benjamin Constant, auquel ses principes avaient fermé le chemin des places, sous Napoléon, renouvela ses efforts pour assurer en 1814 le triomphe de la liberté constitutionnelle qu'il avait si bien défendue sous la république et le consulat.

Lorsqu'à l'aide de quelques arguties grammaticales, le ministère, poussé par des intérêts personnels, parvint à faire restreindre la liberté de la presse, Benjamin Constant publia un écrit qui fit une très-grande sensation et contri-

tôt ou plus tard à l'abrogation de la loi, par une ordonnance.

Il est le premier qui ait développé la grande et importante question de la responsabilité des ministres, ce qui expliquerait au besoin les efforts de tout genre que fait le ministère pour l'empêcher d'entrer à la chambre.

On retrouve dans la loi sur les élections une partie des principes qu'il avait émis, et du mode qu'il avait proposé, en 1814, dans un écrit sur cette matière.

On lui a beaucoup reproché d'être entré dans le conseil d'état des cent jours; et ce qu'il y a de plus étrange, c'est que ce reproche lui a été fait par les hommes qui, après avoir été les Séides du despote, durant son premier règne, sont accourus à lui de nouveau, et ont continué, dans les cent jours, à le servir contre la liberté;

ce qu'il y a d'étrange, c'est que ces hommes n'ignorent pas que Benjamin Constant fut, en quelque sorte, *imposé* à leur maître, pour lutter contre lui et contre eux ; que dans l'exercice de ses fonctions, il ne dévia pas de sa route constitutionnelle, et que, pendant qu'ils travaillaient à étouffer la liberté, il continua à la défendre de tous ses moyens.

Si Benjamin Constant voulait publier l'histoire qu'il a écrite de cette époque, il ferait une terrible réponse à ses détracteurs ; mais sa modération ne se dément pas, quoi qu'on ait fait, quoi qu'on fasse et qu'on dise encore pour lui nuire, quelques droits qu'on lui donne de se faire à son tour aggresseur ; il sent, il faut le croire, que c'est assez d'avoir et sa vie politique, et son talent pour défenseurs, puisqu'il n'oppose à tant d'injures que le silence du mépris.

Quel noble caractère ! quel gage il donne par là de son amour pour la paix ! quel exemple, en un tems où nos tribunaux retentissent des cris contre la calomnie ! qu'il ravale ses ennemis !

Nous ne citerons pas tous les ouvrages de Benjamin Constant, la liste en serait trop longue ; mais nous devons dire qu'on y retrouve constamment les mêmes principes appliqués aux formes des divers gouvernemens qui ont régi la France, et on ne nous démentira pas, sans doute, quand nous dirons qu'il a donné aux Français les premières leçons de la science politique, appropriée à leur situation.

N'est-ce pas lui qui, le premier, a éclairé notre marche incertaine dans les sentiers encore nouveaux du gouvernement représentatif ? N'est-ce pas lui qui a tracé les premières routes régulières dans ce vaste champ ? Quel est l'écrivain qui a lutté avec plus de courage, de persévérance et d'habileté contre ceux qui ont enchaîné la presse, ou qui a plus désolé les fauteurs du l'arbitraire? Quel est celui qui a exercé sur l'opinion publique une influence plus grande, plus salutaire? Qui eût défendu Wilfrid Regnault plus victorieusement, plus généreusement qu'il ne l'a fait?

Quand on aime la liberté et la vérité, quand on est sensible aux charmes du style, quand on sait apprécier une logique simple et franche, mais serrée et irrésistible, quand on saisit les aperçus les plus fins, quand on sent avec quelle adresse il est possible de tout dire, d'accuser même avec force, sans laisser aux accusés ni un prétexte du se porter accusateurs, ni même la ressource de crier à l'injustice ou à l'exagération, quel écrivain préférera-t-on à Benjamin Constant? Quel est celui dont les écrits indiquent des facultés plus étendues, de plus grandes vues, et une connaissance plus profonde de la science théorique et pratique des gouvernemens?

Mais Benjamin Constant n'est pas orateur, fait-on dire pour l'éloigner, à ceux même qui l'admirent comme écrivain.

Non, il n'est pas orateur, si, pour mériter ce titre, il faut déclamer avec emphase des lieux communs, et haranguer longuement ou pompeusement une assemblée, sans obtenir aucun résultat.

Mais si l'éloquence consiste dans la force des pensées et de la dialectique, dans la netteté et la précision du discours, dans la concision et l'irrésistibilité des raisonnemens; si le plus grand talent d'un député est de résumer les questions, d'écarter les incidens étrangers qu'on glisse adroitement dans la discussion, pour la détourner du but où elle doit tendre, et de présenter ainsi le point unique sur lequel il s'agit de prononcer, quel est l'homme qui oserait dire que Benjamin Constant n'est pas orateur? Est-il un de ses lecteurs, ou un de ceux qui le fréquentent, qui puisse lui contester la chaleur du style, la rapidité des expressions, l'enchaînement des idées, le rare talent de la réplique, et la facilité, la richesse de l'élocution? Est-il un homme de bonne foi qui puisse nier ce que serait Benjamin Constant à une tribune libre, qu'il ne trouva pas sous le consulat, témoin son élimination?

Mais l'intrigue arrange tout; et ne pouvant lui contester sa supériorité, comme penseur, comme homme d'Etat, son éloquence comme écrivain, on lui refuse d'avance le talent qu'il n'a pas été à même de développer.... Peut-il exister une preuve plus grande de

46

l'effroi que cet excellent citoyen ins-
pire aux ennemis de toute liberté, par
la grandeur de ses moyens, par son
courage, par son expérience sur les
hommes et sur les choses?

Amis de la liberté constitutionnelle,
protestans qu'on entoure de piéges,
qu'on cherche à égarer par toutes sortes
de suggestions, nommez avant Benjamin Constant ceux qui ont plus de
mérite, plus de loyauté, de persévérance, ceux qui offrent plus de garanties et d'espérances; placez-le à côté
d'eux à la tribune, la France et l'Europe auront bientôt prononcé entre
ses rivaux et lui. (1)

---

(1) J'ai reçu de quatre citoyens des plus
distingués de la capitale la notice qu'on vient
de lire ; elle est revêtue d'un grand nombre
de signatures, et on y lit en titre ces mots:
« Nous avons tous signé cette notice, afin
» qu'ayant un caractère collectif, elle ne pût
» être attribuée à aucun de nous en parti-
» culier, ni ressembler à un témoignage in-
» dividuel. » (*Note de l'éditeur.*)

CATHERINE DE MÉDICIS

ET

LE DIRECTOIRE EXÉCUTIF.

L'un des gouvernemens les plus funestes aux peuples et aux chefs des États eux-mêmes, est le gouvernement à *bascule* (1).

Je me propose de démontrer cette vérité, et de la rendre sensible, même aux hommes qui n'ont jamais médité sur les matières politiques.

Un gouvernement à bascule est celui qui, se trouvant placé entre des partis qui divisent l'État, cherche à les balancer l'un par l'autre, ou parce qu'il ne se croit pas en force de les soumet-

---

(1) Je me sers ici de l'expression reçue, et qui fut renouvelée du temps de Catherine de Médicis, sous le directoire exécutif.

tre; ou parce qu'il croit avoir intérêt à les alimenter, à les ménager ou à les battre tour à tour l'un par l'autre, ou bien parce qu'inclinant en secret pour l'un d'eux, il est bien aise de le soutenir sans se compromettre, et de lui assurer un triomphe à venir.

D'abord on conçoit qu'un pareil gouvernement ne peut exister que dans un tems de troubles, et qu'il ne saurait se conserver qu'à l'aide de la corruption et de l'esprit de vénalité de ceux qu'il emploie. On doit concevoir encore que loin de mettre fin aux troubles, il ne peut que les accroître et irriter les fureurs des partis, soit en en les enhardissant par sa protection, ses complaisances et sa faiblesse, soit en les réduisant au désespoir par ses rigueurs et ses violences, ou en les livrant l'un et l'autre à la réciprocité de leurs vengeances..

On voit que, dans un tel système,

les foyers de haine et d'ambition se multiplient et s'aggrandissent progressivement. On voit que le vaincu est traité d'autant plus cruellement par le vainqueur, que celui-ci se trouve toujours en représailles, et qu'il doit nécesssairement tendre à suppléer aux forces qui lui manquent, par la même cruauté dont il a été victime.

Un tel système développe tous les germes d'une affreuse guerre civile; car il met les armes à la main, et la fureur dans l'âme de tout le monde; chacun voit un ennemi dans tout homme qui n'est pas de son parti.

La dissimulation, l'hypocrisie l'espionnage, la trahison, la calomnie, la délation, la dilapidation du trésor pour alimenter ou diviser les brigues, le mépris du gouvernement, les conjurations vraies ou factices, l'anarchie, les dangers d'une dissolution totale de l'État, les alliances publiques ou se-

crètes, mais toujours monstrueuses, des
partis de l'intérieur avec l'étranger, tels
sont les vices et les fléaux qui déchirent
l'Etat, et jusqu'à l'intérieur des familles.
L'incendie des révolutions se prépare ;
de tous côtés on accumule les matières
incendiaires, et il peut arriver qu'une
querelle de valets allume l'incendie
tout à coup, au moment le plus inat-
tendu.

J'en citerai pour preuve le massacre
de Vassy qui commença cette guerre
civile affreuse et si longue, à laquelle
le bon roi mit fin, non par des victoires,
encore bien moins par des violences et
des persécutions, mais par une douce
et loyale politique, par une bonté inépuisable et par une justice ferme qui
rétablit le pouvoir royal si long-tems
avili.

Le massacre de Vassy, qui commença par une querelle de valets, eût
pu tout aussi bien être occasionné par

la querelle de deux enfans, pour lesquels les parens eussent pris parti. Car il ne faut qu'une étincelle, suivant les tems, pour mettre en feu l'univers; eh! qui ne sait combien d'épouvantables évènemens furent produits par les causes les moins prévues et en apparence les moins à redouter?

Je n'ai pas besoin de prouver que le plus malheureux des gouvernemens est celui qui se place dans une telle position, ou qui n'a ni le talent, ni la force de s'en tirer.

En effet, qui ne verrait qu'un tel gouvernement n'a et ne peut avoir de plan, puisque sa conduite est toujours subordonnée à des circonstances qu'il n'a ni ménagées, ni pu prévoir? Car quelques efforts qu'il fasse, quelle que soit l'activité de sa surveillance, chaque parti parvient toujours à lui cacher plus ou moins sa marche, ce qui fait que ceux qui gouvernent ne sortent d'un embarras que pour rentrer dans un autre, et n'échappent à un péril que pour en retrouver de nouveaux qui, avec le tems, prennent un caractère de plus en plus menaçant.

La force vitale qui devait venir du gouvernement et se répandre dans toutes les parties de l'Etat pour les vivifier, s'anéantit peu à peu, la puissance motrice qui devait agir du centre sur les extrémités agit des extrémités contre le centre, et le désordre le plus complet remplace bientôt l'harmonie sociale.

Impuissant pour protéger, le gouvernement n'est pas plus fort pour punir; il frappe ici en aveugle ou sans discernement, et avec emportement ou fureur, et il assomme, quand il devrait comprimer avec modération : là, il ne punit qu'à demi, avec mollesse, ou il laisse jouir de l'impunité les plus grands criminels; et ceux mêmes qui le menacent ou l'attaquent en face.

Tourmentée sans cesse par les chefs
de chaque parti, instrument de leurs
desseins, levier de désordre, machine
de guerre, la multitude tombe dans la
corruption ; elle s'exaspère, en s'ha-
bituant à la violence; elle devient fa-
milière avec tous les vices, et c'est ainsi
qu'on voit le peuple le plus doux, le
plus humain, devenir, avec le tems,
cruel et sanguinaire.

Les hommes de bien s'éloignent d'un
tel gouvernement, parce qu'il ne leur
offre aucune garantie, parce qu'on
ne peut croire à sa parole, et le servir,
comme il veut l'être, sans se déconsi-
dérer, sans faire abnégation de tous
principes de patriotisme et de loyauté.
Accusé, menacé de toutes parts, il ne se
maintient qu'à l'aide de l'intrigue ou de
la violence; mais peu à peu ses forces
s'anéantissent, il ne peut plus balancer
les partis; alors, pour échapper à sa

pérte, il est obligé d'en adopter un, ou plutôt de se soumettre à lui, de se faire son instrument; heureux encore s'il pouvait assurer par-là son salut; mais s'il se livre au parti le plus faible, il tombe avec lui, ou s'il se soumet au plus fort, celui-ci le renverse quand il n'a plus besoin de son secours.

Voilà les gouvernemens à bascule: que celui qui voudrait contester les principes sur lesquels j'ai appuyé mes assertions, jette les yeux sur l'histoire de Catherine de Médicis; il verra une femme sacrifiant tout, état, famille, vertu, honneur, citoyens, à la fureur de régner sous le nom de ses fils, à la manie de se rendre nécessaire; on la verra soutenir à la fois, ou tour à tour, les deux partis, relever celui qui allait périr, et s'unir à lui un moment pour abattre l'autre, dont le triomphe eût fait tomber de ses mains les rênes du gouvernement.

Il ne sera aucun genre de perfidies ou d'intrigues qu'elle ne mette en usage ; elle appellera les étrangers ; les caréssera, traitera avec eux, et donnera l'ordre de les massacrer à leur retour ; elle fera faire la Saint-Barthélemy au nom de la religion, et on l'entendra plus tard se résigner à entendre *dire la messe en français*, ce qui signifiait qu'elle se ferait *protestante* ; elle attisera le feu de la révolte lorsqu'il sera prêt à s'éteindre ; elle allumera celui de la guerre civile dans la famille royale ; elle favorisera l'ambition des Guises, et la politique des ennemis du dehors, tant qu'ils lui montreront des égards, et elle épousera les intérêts de Condé et du roi de Navarre, lorsqu'elle se verra méprisée par les autres.

Reine, elle aura un *escadron volant* de femmes attrayantes ; elle s'en servira au besoin dans les négociations pour séduire les esprits par les sens ; et ainsi, dans ses honteuses combinaisons, elle mettra l'amour aux ordres de la politique. Elle donnera publiquement à un moine négociateur l'ordre de se rendre en toute hâte à son poste ; mais en secret elle lui enjoindra de faire trois pas en avant et deux pas en arrière.

Que tout périsse, que la France se déchire de ses propres mains, ou tombe sous les coups de l'étranger, peu importe à Catherine, pourvu qu'elle se maintienne au timon des affaires.

Que si nous étudions le *directoire exécutif*, nous le verrons divisé avec lui-même ; nous verrons chaque directeur visant à ses fins personnelles, gouvernant à sa manière, sacrifiant le présent et l'avenir de l'état à quelques intérêts individuels et passagers, ou à des systèmes absurdes.

Nous verrons les factions aux prises, les révolutions, les coups de main se succéder rapidement ; nous verrons toute l'action du gouvernement se résoudre en plates intrigues.

Que si nous étudions la politique du dehors et la marche qu'elle a suivie dans tous les tems pour abattre la France, ou plutôt pour la priver de l'usage de ses forces (car on ne peut abattre la France, les peuples de trente millions d'hommes courageux, fiers, riches de lumières et d'expérience, ne mourant point), combien de réflexions affligeantes ne ferons-nous pas sur nous-mêmes! combien de nouvelles preuves n'aurons-nous pas qu'il ne peut exister un gouvernement plus funeste pour une nation que le gouvernement à bascule.

Il m'est inutile de citer telle ou telle époque de l'histoire des longs malheurs de la France. Sans remonter jusqu'aux siècles les plus éloignés, et en ne commençant nos observations qu'au règne des Valois, quelle sérié d'évènemens funestes, provénant des gouvernemens à bascules! Combien de brigues, de factions formées, soutenues par ceux mêmes dont le devoir et l'intérêt étaient de les abattre!

Combien de ministres, de favoris, d'ambitieux soudoyés de l'étranger, ont excité lès partis, les ont mis aux prises par calcul pour faire ou pour conserver leur fortune et leur autorité!

Quand on a étudié l'histoire des derniers siècles de la France, il faut être fanatique pour ne pas sentir qu'il n'y a qu'une charte. libérale, religieusement observée, qui puisse mettre le royaume à l'abri des troubles, le préserver de toute influence étrangère, de toute ambition venant de l'intérieur, et faire enfin des Français un peuple de frères.

Témoignage d'un ami et d'un ministre de Louis XVI sur la révolution.

———

« Savez-vous qu'un des grands vices de notre gouvernement, et le plus funeste peut-être, est l'impossibilité où est le roi, quelque bien intentionné qu'il soit, d'être assuré, quand il nomme un ministre, qu'il fait un bon choix? Il n'a aucun moyen par lui-même de connaître les sujets qu'on lui présente; il est donc forcé de s'en rapporter au témoignage de ceux qui l'approchent, et tel homme qu'on lui dit être plein de talens, n'en a ordinairement d'autre que celui de l'intrigue, ou celui de donner plus de places, plus de pensions aux créatures d'un favori, d'une dame de la cour, de la maîtresse d'un prince ou d'un ministre en faveur. Le règne de ces ministres n'est pas long,

mais ceux qui leur succèdent, choisis
de la même manière, valent rarement
mieux, souvent beaucoup moins, et
sont bientôt remplacés par d'autres du
même acabit....

» Ce que je dis du ministère, je
pourrais le dire également de toutes
les places et emplois de quelque importance.... C'est ainsi que le gouvernement s'en va au diable, et que les
révolutions arrivent. »

Voilà comme parlait le vertueux
ami, le courageux défenseur de Louis
XVI, Malesherbes. Il n'accusait pas le
peuple d'insoumission, d'esprit de révolte; il n'attribuait point la révolution aux jacobins ni à la licence des écrivains; il ne lui est pas venu à l'esprit
d'accuser les citoyens du mal même
qu'ils étaient forcés de souffrir, ni de
les signaler comme des démagogues,
parce qu'ils exprimaient leurs plaintes.

Malesherbes avait l'âme trop pure;

trop élevée pour accuser les victimes ;
il avait l'esprit trop sage, trop éclairé
pour mettre les effets en la place des
causes.

Écoutons maintenant M. Bertrand
de Molleville qui fut ministre de
Louis XVI, et qui ne se sauva que
par hasard au 10 août, ce qui prouve
qu'il n'était pas un démocrate.

« Le grand abus de remplir les places
par des hommes incapables, ne fut jamais racheté en France par aucune
compensation. L'intrigue et la faveur y
décidaient de toutes les nominations,
parce que le roi n'avait aucun moyen
de connaître ceux qu'on lui présentait :
de là cette succession rapide et funeste
de mauvais ministres dont l'impéritie
a détruit successivement tous les res-
sorts du gouvernement, et amené la
dissolution de l'État.

» De tous les abus que la faiblesse
du gouvernement avait laissé introduire

dans notre ancien régime, celui-là était sans doute le plus considérable et le plus pernicieux, car il n'est que trop évident que la révolution en a été l'horrible résultat ; en effet, il est aisé de vérifier que l'époque à laquelle elle a éclaté, est précisément celle où les places les plus importantes de l'état étaient presque toutes remplies par des sujets incapables. »

Voilà un témoignage si clair, si concluant qu'il me serait inutile d'y ajouter ; mais qu'il me soit permis de prier mes lecteurs de réfléchir sérieusement sur les deux citations que je viens de leur faire ; ils verront pourquoi tant d'intrigans nous vantent l'ancien régime, c'est-à-dire le régime de la faveur et des priviléges ; pourquoi tant d'accusations virulentes contre les prétendus démagogues, et contre les écrivains qui osent dénoncer les abus ; pourquoi tant et de si violentes haines de parti contre la

charte; pourquoi tout irait bien si elle
était exactement suivie; pourquoi il
existe contre elle deux attaques non in-
terrompues; l'une tendant à la renverser de fond en comble, et avec fureur,
l'autre tendant à la miner sourdement
pour arriver au même but.

Martial Sauquaire-Souligné.

MÉDISANCE ET CALOMNIE.

En lisant les dictionnaires, les livres de morale, en apprenant mon catéchisme, en écoutant les prédications, j'avais appris à faire entre la calomnie et la médisance, une différence aussi grande que celle qui existe entre la vérité et le mensonge.

L'une consiste à inventer ou à répandre des accusations, ou des faits injurieux, qui n'ont aucun fondement, l'autre à dire ou à publier des accusations et des faits qui sont réels.

Ainsi, jusqu'à ce jour, on avait médit d'un homme en disant, lorsque cela était vrai, il est un assassin ; on l'avait calomnié en disant la même chose lorsqu'elle n'était pas vraie, et la vérité se constatait par des témoignages, par le flagrant délit, par l'aveu de l'inculpé, ou même par le silence qu'il gardait sur l'accusation lorsqu'elle lui était faite en face.

La calomnie était, et elle est encore, comme la justice naturelle le veut, du nombre des délits, puisqu'elle attaque l'honneur des citoyens, et les expose à la haine ou au mépris public.

La médisance, au contraire, ne peut être mise au nombre des délits si ce n'est dans un petit nombre de cas, par exemple, quand elle a le caractère de la diffamation.

Ainsi, fût-il vrai qu'une femme aurait des amans, qu'une jeune personne aurait été mère avant le mariage, pourquoi serait-il permis de le publier? pourquoi serait-on admis à en faire la preuve?

Le mal qui résulterait d'une pareille

permission se montre de lui-même ; mais il est impossible de voir en quoi elle pourrait être utile.

En est-il de même d'une accusation dont la publicité peut être du plus grand intérêt pour la société? Si je vois un assassin, un voleur entouré de considération, faisant des dupes, ourdissant des trames, ne rends-je pas le plus grand service à ceux aux yeux desquels je le démasque ? ne ressemblai-je pas alors à celui qui montrerait à son semblable le serpent sur lequel il va poser son pied nu ?

La société ne me doit-elle pas même de la reconnaissance pour le courage qui m'a porté à braver la haine et les coups de celui que je lui signale ? Ne serais-je pas accusable si je ne faisais pas connaître à mes concitoyens un homme dont la perversité les menace à tous les instans ?

Que peut-on exiger de moi en pareille circonstance, si ce n'est que je prouve mon accusation ? et si j'y parviens, ne suis-je pas par cela même aussi digne de louanges, que j'eusse été coupable si j'avais été un calomniateur ?

Il est sensible qu'aucun législateur ne s'est proposé d'empêcher la divulgation des crimes ou des délits, car il n'en est point qui ait jamais avoué que son intention fût de protéger les méchans, et d'ensevelir les crimes : or, comme il importe à tous les citoyens d'en avoir connaissance, il est donc impossible d'interpréter jamais un code quelconque en faveur des ennemis de la société, ce qui aurait lieu néanmoins si l'on punissait comme un calomniateur celui qui prouverait que les crimes qu'il a divulgués sont vrais.

Cependant, si j'avais été l'un des égorgeurs de septembre en 1792, on ne serait pas admis à le prouver, car un oubli absolu a été ordonné par la loi fondamentale de l'État, et l'on ne peut que nuire à la société lorsqu'on réveille des accusations qui ont été mises au néant (1).

Mais s'il s'était commis dans mon pays d'affreux massacres, s'ils étaient prouvés par quelques cent mille témoignages, par les cris des familles, dans lesquelles les victimes auraient été choisies ; si les assassins, leurs instigateurs ou leurs complices demeuraient impunis ; si aucune amnistie ne pouvait être invoquée en leur faveur ; si les lois contre les assassinats n'avaient point été abrogées, deviendrais-je criminel en les dénonçant à l'opinion publique, en offrant d'en fournir la preuve ? se-

_____

(1) Qu'on veuille bien appliquer ce principe au procès de M. le marquis de Brosseville, accusé de calomnie par l'infortuné Wilfrid Regnault ; celui-ci même eût-il été septembriseur...... on réfléchira.

rais-je un calomniateur, d'après es intentions de ceux qui firent les codes,
et d'après le sens réel de l'expression?

Si j'avais connaissance qu'un complot eût été tramé contre l'État et
contre son chef, si, sans nommer
personne, je publiais ce que je sais de
cet horrible complot, dans l'intention
d'enhardir les gens qui, en connaissant
les détails, n'osent cependant les di-
vulguer dans la crainte de s'exposer à
de cruelles vengeances, serais-je un ennemi, ne serais-je pas plutôt le défenseur de mon pays en apprenant à mes
concitoyens qu'ils doivent veiller et se
tenir en garde; car faire connaître un
complot, n'est-ce pas le renverser?

Je conçois bien que M. de Canuel ait
intenté une action en calomnie contre
MM. Sainneville et Fabvier, que
M. Béchu en ait intenté une de son
côté contre MM. Comte et Dunoyer,
tout homme qui se croit blessé dans

son honneur ayant droit à demander des réparations proportionnées à l'injure.

Mais j'avoue que si j'étais coupable des faits qu'on m'imputerait, ou que si même je pouvais seulement en être soupçonné avec quelque apparence de fondement, je serais au désespoir que l'on vînt d'office poursuivre en calomnie mon accusateur, parce que la seule publicité donnée à l'accusation ne pourrait que causer à mon honneur un tort irréparable ; et j'aimerais beaucoup mieux laisser circuler en quelques lieux une calomnie réputée médisance, que de voir tous les détails, toutes les présomptions invoqués par le prévenu, consignés et accolés à mon nom dans les feuilles publiques, et dans ces répertoires du palais qui éternisent les évènemens.

Je ne doute pas qu'il ne se trouve bien des personnes de mon avis, et qu'on n'élève bientôt la voix de toutes parts pour demander que les dispositions du code, relatives à la calomnie, soient réformées, et tellement précisées, qu'on ne puisse plus être condamné comme un calomniateur pour avoir dit, d'après le criminel lui-même qui n'en ferait pas mystère, mais qui, au contraire, en tirerait gloire : « Il a » égorgé telles personnes, tel jour, à » telle heure, en tel endroit, de telle » manière, et j'offre de le prouver par » mille témoins oculaires ».

Il est impossible que la société jouisse de la paix intérieure, si la législation ne vient bientôt réformer notre jurisprudence nouvelle sur la calomnie.

Quelques mots suffiront pour le prouver.

Le code porte qu'une accusation sera réputée calomnieuse, si elle ne s'appuie sur des pièces légales, c'est-à-dire sur un jugement ou des actes publics de l'autorité, et on avait cru, jusqu'à ce jour, que les arrêtés (imprimés ou distribués) d'un administrateur étaient dans la cathégorie des pièces légales; mais le cercle, déjà si étroit, dans lequel on avait renfermé les plaignans, vient de se rétrécir tellement, qu'il lui reste à peine quelque étendue.

De cette jurisprudence il résulte que si un préfet me condamnait par un arrêté qui ne serait pas affiché, à payer dix mille francs, à m'expatrier, à livrer ma maison et mes meubles, n'importe pour quel service; que si, par un arrêté, il me condamnait à six mois de prison (et ce que je dis d'un préfet, je puis le dire de tout autre agent du pouvoir), quoique j'eusse en main l'arrêté signé; si j'osais publier par écrit l'abus révoltant d'autorité qui aurait été fait à mon sujet, je présenterais en vain, pour preuve de mon accusation, la pièce authentique, et si j'étais mis en jugement, même à la requête du ministère public, celui que j'aurais accusé gardant le silence, je serais condamné comme calomniateur.

Je vais encore supposer qu'un fonctionnaire m'ait frappé, m'ait fait plusieurs blessures graves, qu'il m'ait coupé un bras d'un coup de sabre, en présence de dix mille hommes; je suppose que j'aurais en vain sollicité la permission de le poursuivre, ou que l'ayant obtenue, il eût été acquitté, comme les militaires de Lyon, qui ont tué des prisonniers; si j'avais fait imprimer ma plainte, on pourrait me condamner comme un calomniateur, malgré que j'eusse un bras de moins.

Enfin je supposerai qu'un acte notarié constate, sous la signature même du coupable, qu'il a commis un délit, ou qu'une enquête devant un juge d'instruction ait prouvé, par cent témoignages, ce délit ; que si je venais à publier cet acte ou cette enquête, je pourrais être condamné au profit et à la requête du coupable...... l'esprit se perd au milieu de tant de désordres possibles.

Si une seule accusation en calomnie avait eu lieu, si un seul individu eût été condamné d'après les principes de la nouvelle jurisprudence, on pourrait se dispenser d'agiter de pareilles questions ; mais, comme depuis quelques mois, les accusations et les condamnations de cette nature se multiplient d'une manière inouie, nous avons cru qu'il ne serait pas sans intérêt pour nos lecteurs, de mettre ces réflexions sous leurs yeux.

LES SIGNALEMENS.

I.

Qu'est-ce qu'un révolutionnaire ?

Je nommerais des gens pleins de droiture, ayant l'esprit juste, dans le cours ordinaire de la vie, qui croient aujourd'hui, sur la foi des illuminés, des charlatans et de ce petit nombre de commères fanatiques qui vont distribuant des promesses, des espérances et des bénédictions, que l'homme qui a exercé des fonctions à quelque époque de la révolution, est un *révolutionnaire ;* que celui qui a combattu aux côtés de Napoléon, est un *buonapartiste ;* qu'un homme qui mange de la viande tous les jours de la semaine, est un réprouvé; que les *constitutionnels* ne sont que des démagogues, des républicains déguisés, des boute-feu, des mangeurs d'enfans.

On ne saurait dire jusqu'à quel point les passions ont bouleversé les jugemens humains.

Je ne me propose pas de combattre toutes les absurdités; je ne suis pas Hercule pour entreprendre de pareils travaux. Je me contenterai d'expliquer ici ma pensée sur l'une de ces absurdités, malheureusement trop accréditée.

Un *révolutionnaire* est un ennemi de l'ordre et souvent un brigand, un égorgeur. Ainsi, sans y faire attention, par l'application d'une seule épithète, on fait de l'homme le plus estimable, l'être le plus dépravé.

Mais que faut-il entendre par un *révolutionnaire* ?

Attaquer sourdement ou à découvert les lois fondamentales de l'état, vouloir changer le régime ou s'emparer du pouvoir; exciter les haines, provoquer les vengeances, pousser les hommes au mépris de l'autorité; ourdir des trames, former des ligués, se lier par des sermens, reconnaître un autre chef que celui que les lois ont établi; avoir des mots, des signes, des couleurs de ralliement, une caisse commune pour payer des agens secrets; avoir des magasins d'armes et de munitions; semer l'épouvante dans les esprits pour rallier à soi les peureux; désorganiser le pouvoir par des intrigues, séduire les hommes en place, poursuivre par la délation et la violence ceux qui ont le courage de demeurer fidèles à leur devoir; élever puissance contre puissance, autel contre autel; jeter les familles dans la discorde; égorger ou faire égorger les citoyens, invoquer ou faire des lois

cruelles , fabriquer des conspirations ,
des soulèvemens, couvrir le pays d'é-
missaires provoquant la révolte : désorganiser l'état par des menées sourdes,
voilà ce que c'est que d'être *révolutionnaires* ; voilà ce que furent les *ligueurs*
du 16e siècle , et après eux Biron ,
d'Épernon , les jésuites et le parti de
la reine sous Henri IV., les grands sous
Marie de Médicis , les frondeurs sous
Louis XIV ; et sous Louis XVI,
ceux qui coopérèrent au criminel projet de le déposer ; ceux qui payèrent à grand prix les premiers désordres de Paris , afin d'avoir occasion de
répandre la terreur parmi le peuple ;
ceux qui payèrent les premiers hurleurs
de tribune et de sections ; les premières
piques et les premiers bonnets rouges ;
ceux qui préparèrent et firent exécuter
les massacres du Midi , ceux qui allu-
mèrent de toutes parts l'incendie ,
soudoyèrent les incendiaires et jetèrent

dans la fureur tout un peuple doux, patient, humain, qui n'aspirait qu'à jouir de l'égalité des droits politiques et de la liberté constitutionnelle ; ceux enfin qui, plus tard, firent couler le sang de tant de Français, et boulever-sèrent l'état de fond en comble pour servir d'horribles ambitions qui n'ont obtenu que trop de succès.

S'il y a aujourd'hui des *révolution-naires* en France, les trouverons-nous dans ce peuple ouvrier et cultivateur qui entre à l'atelier avant le lever du soleil, et qui ne le quitte qu'après son coucher ? les trouverons-nous dans ces manufacturiers industrieux, dans ces actifs commerçans qui ont à peine le temps de vaquer à toutes leurs affaires ?

Trouverons-nous les révolutionnaires dans ces bons campagnards qui s'occu-pent de la gestion et de l'amélioration de leurs propriétés, dans ces hommes qui ne sont point en proie aux besoins du luxe, et qui, contens de leur sort, ne demandent au ciel et aux hommes que de les laisser jouir en paix ? Trouverons-nous ces cruels agitateurs des états dans les hommes qui ne demandent ni honneurs, ni places, ni pensions, et qui n'éprouvent ni les tourmens de l'ambition et de l'orgueil, ni la soif des richesses qu'on acquiert par la domination, et en appauvrissant ou en corrompant les peuples ?

N'ai-je pas nommé ou indiqué toutes les classes dont se compose cette masse nationale, qu'on traite en certains lieux, par mépris, de *peuple*, et même de *canaille* ?

C'est donc dans d'autres rangs, c'est donc dans ceux de l'oisive vanité qu'il faut chercher les *révolutionnaires*; il est temps que nous nous entendions sur les mots et les épithètes; il faut même commencer par-là avant de songer à réunir les esprits, car on ne s'entend qu'à l'aide d'une langue commune, et ce ne sera jamais aux pieds de la tour de Babel qu'on cimentera une réconciliation entre les hommes.

Continuons donc à expliquer, ou plutôt à définir les expressions.

II.

Qu'est-ce qu'un ministériel ?

Je ne sais pas s'il y aurait sûreté à dire la vérité sur les *ministériels* d'aujourd'hui.

Je suis bien sûr que si je faisais leur éloge, que si je les peignais comme les meilleurs des citoyens, comme les plus fermes soutiens du gouvernement, comme des modèles de perfection en tout genre, je recevrais quelques complimens bien agréables, à moins que je ne fusse par trop maladroit dans mes louanges.

Mais si, au lieu de les louer, j'allais m'aviser de m'élever contre eux, je pourrais me trouver prévenu de calomnie, et peut-être de provocation indirecte, pour avoir tourné en dérision les plus fidèles serviteurs du souverain, ce qui est l'outrager lui-même. On dirait : « Les *ministériels* font la vo- » lonté des ministres, ceux-ci font la » volonté du roi, donc..... »

Or, comme il n'est personne qui ait plus de respect que moi pour le monarque constitutionnel, comme je veux éviter qu'on m'accuse, même sans fondement, je déclare que je ne vais parler ici que des *ministériels* qui nous ont perdus sous le dernier gouvernement, et qui ont été la cause de sa propre catastrophe.

Comme il est permis, comme c'est même un acte très-méritoire de faire

remarquer les vices de ce gouvernement, j'espère qu'on ne me blâmera
pas de m'expliquer librement sur les
complices de son despotisme.

Un ministériel de ce temps-là était
un homme bas et rampant, ne levant
les yeux devant LL. EEx. que comme
un suppliant, et leur obéissant sans se
permettre ni réflexion ni temporisation,
car la voix de LL. EEx. était pour
lui la voix de Dieu.

LL. EEx. avaient-elles quelques
haines ? le ministériel briguait le *profit*
d'en être l'instrument ; quelques passions fougueuses et violentes ? il les
caressait, ou les louait comme des
vertus.

LL. EEx. étaient-elles astucieuses,
dissimulées ? il vantait partout leur
franchise et leur droiture ; étaient-elles
dévorées de l'ambition des richesses,
des honneurs ? il parlait sans cesse de

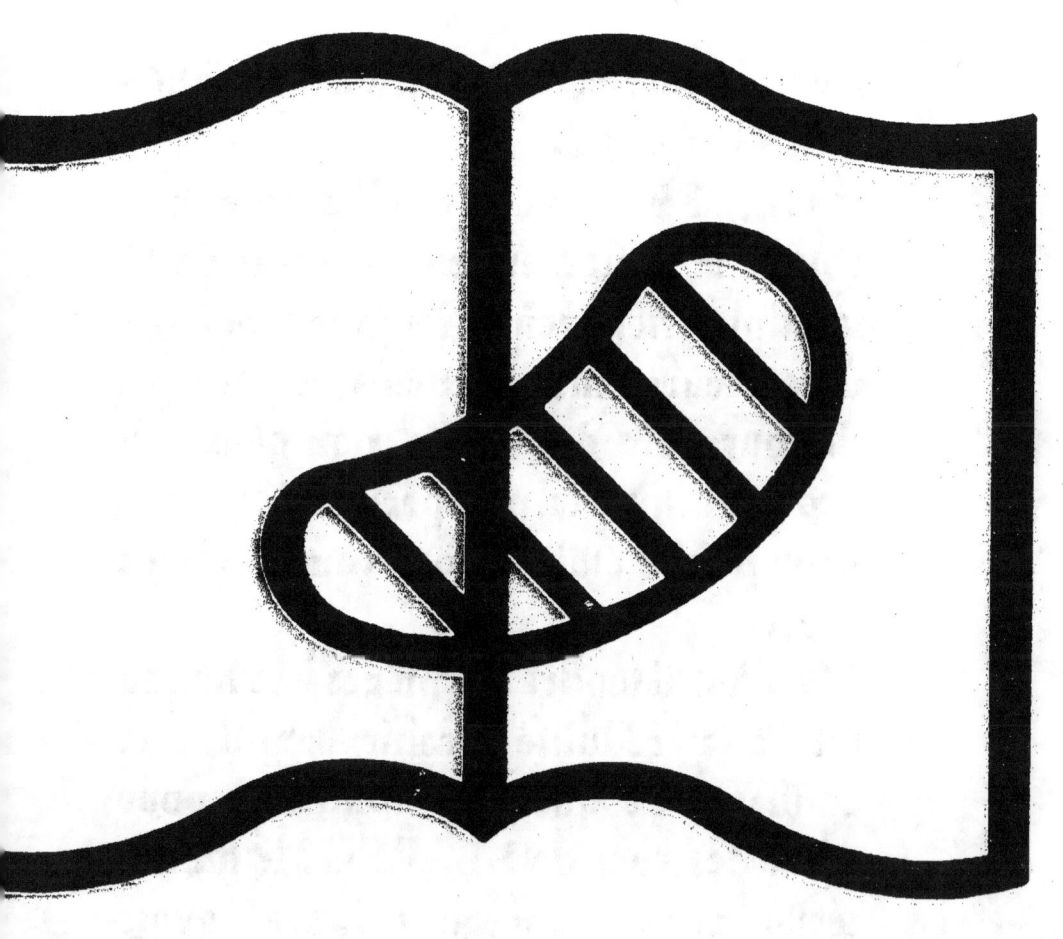

Original illisible

NF Z **43**-120-10

leur désintéressement, de leur modeste simplicité.

LL. EEx. avaient-elles intérêt à
abuser la nation sur sa vraie situation?
le ministériel prenait leurs ordres, re-
cevait leurs renseignemens, et dans des
discours ou des écrits pompeux, il
prouvait que la prospérité et le bonheur public étaient portés au plus haut
degré.

Fallait-il tendre des piéges à la bonne
foi, à la crédulité, trahir l'amitié, la
confiance de quelques hommes, pour
servir les vues de LL. EEx.? le ministériel ne se reposait qu'après avoir
rempli sa mission, et il s'estimait heureux d'avoir pu dépasser le but qu'on
avait marqué à son dévouement.

Fallait-il calmer l'opinion ou l'égarer
au profit de LL. EEx.? le ministériel
se mettait en quatre pour y parvenir.

Tant que le crédit de LL. EEx. se

soutenait, le ministériel les représentait comme les appuis de l'Etat , mais il était aux aguets, si leur crédit baissait, pour ne pas tomber dans la défaveur des personnages qui devaient leur succéder.

LL. EEx. étaient-elles renvoyées avec éclat? le ministériel se faisait leur accusateur auprès des nouveaux ministres, si c'était un moyen de leur plaire et de gagner leur confiance. Il trahissait leurs secrets , et s'il pouvait travailler à sa fortune en fournissant contre les disgraciés des moyens de les perdre , il ne se contentait pas d'attendre qu'on les lui demandât, il s'empressait de les offrir.

Fallait-il épuiser le peuple d'hommes et d'argent , le frapper de quelques fléaux? le ministériel se chargeait de défendre les projets de LL. EEx.

Entrait-il dans le plan de celles-ci

d'effrayer le peuple par la découverte
et l'importance d'une conspiration fa-
briquée à dessein ? le ministériel sonnait
l'alarme, et publiait en tous lieux que
sans l'infatigable prévoyance de tel ou tel
ministre, c'en était fait de l'Etat.

Que recueillait de tout cela le ministériel ?

Il obtenait pour lui-même tout ce
qu'il demandait ; il s'établissait un
grand crédit dans le monde en accor-
dant sa protection à ceux qui jouaient
auprès de lui le même rôle qu'il jouait
auprès de LL. EEx., en faisant obtenir des places, des faveurs ; et s'il
était député, son département ne man-
quait pas de le réélire, par reconnaissance ou par intérêt, au moyen de quoi
le ministère avait pour alliés, dans le
Corps-Législatif, tous ceux qu'il aurait
dû avoir pour contradicteurs.

Ce serait assez de cette esquisse d'un

grand tableau, si je n'avais à peindre encore deux autres espèces de ministériels,

Les uns aspirant aux places, aux pensions, à la faveur,

Les autres d'une confiance toujours inépuisable dans le gouvernement, quel qu'il soit, et dont la crédule bonne foi se laisse prendre aux *protestations*, aux *rapports*, aux *considérans*, et à tous les pièges dont le despotisme fait l'éloge pour s'emparer des esprits.

C'est ainsi que ces hommes ont dit franchement, sous le directoire, sous le consulat, sous l'empire : « Le gouvernement a les meilleures intentions, mais comment pourrait-il faire le bien lorsque tant de gens mécontens de tout, par caractère et par habitude, se plaisent à entraver sa marche ? Ne heurtez pas le gouvernement ; et il ne vous tourmentera pas, etc., etc. »

Font encore partie de cette espèce, les hommes qui, ne se trouvant pas blessés directement dans leur personne, leurs goûts, leurs habitudes, leurs intérêts, craignent qu'un changement quelconque ne leur soit funeste, et préfèrent toujours, dans leur résignation, le présent qu'ils connaissent à un avenir incertain.

Telles sont, en tout pays, les forces illusoires et transitoires des ministères qui administrent arbitrairement.

Sully avait cherché et trouvé ses forces dans le corps même de la nation. Le nom de Sully sera en vénération dans tous les siècles.

Oh ! l'heureuse nation que celle qui est tout entière ministérielle ! ce qui veut dire : celle dont le ministère est tout-à-fait national.

Martial SAUQUAIRE SOULIGNÉ.

DES SYMPTOMES POLITIQUES.

Si l'étude des symptômes est indispensable en médecine, si elle conduit
à la connaissance anticipée de l'amélioration ou du dépérissement qui doivent survenir dans le corps humain, il
est vrai de dire aussi que cette étude
n'est ni moins nécessaire, ni moins
utile en politique.

Si je nommais l'ami qui m'a suggéré
la pensée d'offrir quelques indications
à ce sujet, c'en serait assez pour m'assurer, de la part de mes lecteurs, l'ac-
cueil le plus favorable; mais je pourrais lui nuire en le nommant.

Le public voudra donc bien recevoir,

sous mon nom, quelques observations
dont le fond ne m'appartient point.

Je causais un jour avec cet ami.
Nous parlions des hommes très-mar-
quans qui se sont rapprochés des francs
constitutionnels; et comme nous étions
seuls, nous les jugions librement. Je
puis même dire, sans flatterie, qu'il
n'en est pas un qui ne nous eût su gré
de nos jugemens. Il était question par-
ticulièrement du député ***; celui-là
est bon à étudier comme symptôme,
me dit mon ami. Il est fin, il devine
les choses de loin, témoin sa fortune,
qui a résisté à tous les évènemens; on
peut donc le regarder comme un symptôme visible de la marche qu'auront les
affaires.

Il a vu la tendance irrésistible de
la nation vers la liberté constitutionnelle; il a calculé les forces de l'opinion nationale contre la vieille aristo-

cratie et l'arbitraire ; il a vu qu'en dé-
finitif nos principes triompheraient :
on peut donc considérer son retour
vers nous comme une garantie assurée
du prochain triomphe de nôtre doc-
trine constitutionnelle.

Que mes lecteurs, chacun dans leur
sphère, prennent la peine d'observer
les chefs de file parmi les ambitieux,
les hommes en place, ou ceux qui
savent bien prendre le vent, ils ob-
tiendront le même résultat ; il sera
moins sûr, à la vérité, s'ils le cherchent dans les hommes de moins d'importance ; mais il leur suffira, s'ils
n'ont que des jugemens de localités à
porter, parce que dans la chaîne des
partis, comme dans la chaîne élec-
trique, tous les anneaux se tiennent et
participent à l'impulsion générale.

Ainsi, qu'on étudie les députés
dans leurs discours ; si ceux qui avaient

soutenu d'abord le pouvoir ministériel, combattent les prétentions illimi-
tées, le symptôme est clair ; le ministère sera au moins forcé de faire des
concessions.

Si quelques hommes anti-Français,
quoique nés en France, ont la lâcheté
d'intercéder auprès des coalisés pour
obtenir qu'ils prolongent leur séjour
dans un pays auquel tout joug étranger ou aristocratique est désormais in-
supportable ; le symptôme de la ruine
prochaine de la vieille aristocratie est
certain, car elle a fait un dernier effort
qui annonce son impuissance.

Descendons-nous au village? y voit-
on quelques hobereaux, quelques fem-
melettes impertinentes, s'humaniser
avec le peuple ? c'est que leurs affaires
sont en mauvais train.

Or tous ces symptômes, il n'est

personne qui ne les remarque à Paris
comme dans les départemens. Félici-
tons-nous donc puisqu'ils manifestent
le repentir de cruelles erreurs, et nous
présagent la fin d'une opposition dé-
plorable au régime constitutionnel.

LE COCHER.

—

LE 10 août dernier, au matin, je courais Paris dans un cabriolet de place, et, tout occupé que j'étais de mes affaires, j'avais remarqué les égards qu'avait pour moi le cocher.

Un écrivain constitutionnel des plus distingués, auquel j'avais été rendre visite, me reconduisit jusqu'à la voiture, et me dit, en me quittant, quelques mots qui indiquaient que son courage ne se lasserait pas. — Le brave et respectable citoyen ! s'écrie mon cocher. Si tous les Français ressemblaient à celui-là ! ! ! !... — Je jette sur lui un regard ; il avait l'air tout ému ; mais je pense à la police, et je ne lui adresse pas une parole.

Plus tard, pendant que le cocher bride son cheval, j'ai la curiosité d'ouvrir le livre que je lui ai vu à la main. Il a pour titre : *Du Gouvernement militaire de Frédéric II, roi de Prusse.......* Mon étonnement est extrême. — Est-ce que quelqu'un a oublié ce livre dans la voiture? — Non, monsieur, je l'ai loué chez mon libraire. — Ce livre vous intéresse donc? — Oui, monsieur, il fait bon savoir un peu de tout. — Et vous le comprenez? — Très-bien, monsieur; j'ai l'habitude de lire les bons auteurs, et je ne m'en trouve pas mal : les romans me dégoûtent. Je veux de la raison dans un ouvrage pour nourrir mon esprit. Je ne m'ennuie jamais, je n'entre au cabaret que par nécessité, et je ne m'y suis jamais assis pour boire.

J'élève mes enfans dans mes goûts ; aussi on ne les voit point courir les rues et les boulevards, faisant des

insultes ou des polissonneries aux
passans. — Qui vous a inspiré le goût
des choses sérieuses, goût qui me paraît
au-dessus de votre état? — Les évènemens de la révolution et la lecture des
journaux, dans le temps qu'ils étaient
libres : mon esprit s'est naturellement
dirigé vers l'observation ; lorsque les
papiers sont devenus un composé d'ar-
tifices et de mensonges, je m'en suis
dégoûté, et me suis, de plus en plus,
attaché à la lecture des meilleurs écrivains. — Quels sont les ouvrages qui
vous ont le plus frappé ou intéres-
sé?..... Et le voilà qui me les énumère
comme s'il avait eu un catalogue sous
les yeux.

Je lui fais, sur ces ouvrages, plusieurs questions auxquelles il répond
avec une précision et une sagacité qui
m'étonnent. — Vous ne lisez donc plus
les journaux? — Je m'en garde comme
de chercher la vérité auprès des char-

latans : et je ne les lirai même pas jusqu'à ce qu'ils soient sortis d'esclavage.
— Pourquoi? — Parce qu'ils me met-
traient de mauvaise humeur par leurs
articles de commande, et parce qu'au
reste ils ne contiennent que des niaise-
ries. — Vous êtes-vous aperçu que
l'instruction ait amélioré votre mora-
lité? — Oui, monsieur, et d'une manière bien remarquable. J'ai appris à
raisonner mon obéissance à l'autorité,
en étudiant ses devoirs et les miens.
L'histoire des crimes et des iniquités
politiques m'a inspiré un respect reli-
gieux pour la justice protectrice.

L'étude de la vérité m'a débarrassé
d'une quantité de sots préjugés qui
obscurcissaient ma raison, et m'a inspiré le mépris du mensonge, de la dissimulation. Je me suis senti plus d'empire sur moi-même, plus d'aptitude à
réfléchir sur toutes choses, parce que
mon jugement s'est formé peu à peu.

J'ai pris du goût pour la société et la conversation des hommes instruits, ce qui m'a tenu éloigné de la mauvaise compagnie. Je n'étais qu'une vraie machine ; à cette heure je sens que je suis homme et citoyen, et que j'ai une opinion, parce que j'ai appris à rattacher mes intérêts personnels à l'intérêt général. — Croyez-vous qu'il soit possible de replacer le peuple sous le joug des anciens préjugés ? — Non, monsieur, non. Ceux qui ont ce projet ne sont pas moins fous que je ne le serais de me croire capable de gouverner l'Etat. Nous en savons trop pour qu'on nous puisse remettre en servitude. — Mais il y a peu de gens de votre classe qui soi... instruits comme vous. — Monsieur, il y en a peu qui aient les mêmes goûts que moi pour les ouvrages sérieux : cela est vrai ; mais il y en a peu aussi qui ne sachent lire, et qui ne lisent.

Les hommes qui sont au-dessus de nous s'abusent trop sur le peuple. Ils croient que nous ne sommes que des machines de travail; c'est une grande erreur.

Notre éducation a fait de grands pas depuis 30 ans. Il y a aujourd'hui une multitude d'ouvriers, ou de gens comme moi, qui raisonnent mieux, et qui ont plus de pensées sérieuses, plus de sentiment de la chose publique, que ces messieurs qui n'ont que le sentiment de faire fortune, de dominer et d'intriguer.

Il ne faut que s'entretenir avec les enfans en bas âge, aujourd'hui, pour s'apercevoir combien les idées des gens plus âgés se sont agrandies. Ceux qui ont de l'instruction acquise par l'étude la transmettent peu à peu par la conversation dans le commerce de la vie, et tout le monde finit par en avoir une part un peu plus ou un peu moins

grande : ce qu'une génération a acquis
devient l'héritage de celle qui la suit,
et je ne crois pas que cette succession
ait un terme, Je crois au contraire que
la science du raisonnement finira par
devenir comme native dans tous les
Français. Comment voulez-vous,
monsieur, que l'esprit rétrograde en
un tel pays? Il serait cependant nécessaire qu'il rétrogradât auparavant que
les desseins de ces messieurs pussent
s'accomplir.

—Lisez-vous les brochures politiques?
—Non, monsieur, c'est trop coûteux,
et il me faudrait savoir les choisir; mais
j'ai lu les discours de MM. Martin de
Gray, Bignon, Dupont (de l'Eure),
Chauvelin, Lafitte et Perrier. J'ai lu
les rapports de MM. Beugnot et Roi;
je lirai tous les discours de MM. La
Fayette, Benjamin Constant, Manuel,
Lambretchs, d'Aunou, Grégoire, Etien-
ne, etc., quand ils seront députés, car

je suis grand partisan de ceux qui défendent le trésor public, l'indépendance
nationale et la liberté publique........

Je suis forcé d'abréger ce récit : cependant je ne puis me dispenser d'y ajouter encore quelques lignes.

—Lisez-vous le *Petit Livre* à 15 *sous*, ou *la Politique de poche*? — Je ne connais pas cet ouvrage-là. — Cependant les *Annales Politiques*, le *Times*, et un personnage devenu très-célèbre par ses discours, assurent qu'on ne le trouve que dans les mains des cochers et des ouvriers.......

On vient de voir un cocher occupé à lire le *Gouvernement militaire de Frédéric* ; il a lu la *Monarchie prussienne de Mirabeau*, Montesquieu, l'*Esprit de la Ligue*, les *Mémoires du cardinal de Retz*, etc. etc. Il les a lus avec fruit ; j'ai dit quels égards il avait pour moi, sans me connaître, et les égards ne font point partie de la politesse des cochers de place. Cet homme est réservé dans ses discours, il est instruit et modeste, il raisonne juste, il aime son pays, il gémit d'être obligé de sacrifier à son devoir de garde national environ 20 fr. que lui coûte la perte de son temps, une fois par mois, mais il obéit sans murmurer.

Dira-t-on que l'instruction porte le peuple à la rébellion ? Orgueilleux dominateurs, qui voulez que le peuple soit ignorant, dites-nous donc franchement (ce que vous ne pouvez nous cacher) que vous voudriez le ramener à la servitude par l'ignorance.

Que si l'on venait à remarquer quelquefois *le Petit Livre* dans les mains d'un ouvrier, faudrait-il pour cela le condamner comme incendiaire? La raison ne conclut-elle pas au contraire qu'il serait très-utile à la société d'écrire pour ce bon peuple, que des sots arrogans nomment de la canaille ? (1)

Je congédie mon cocher à la porte d'un hôtel superbe. J'arrive auprès de celui qui l'occupe, en traversant trois antichambres.

Quel contraste! impossible de trouver plus de fatuité et de présomption, jointes à plus d'ignorance. Mon nouvel interlocuteur professe le plus violent mépris pour les écrivains, qu'il

---

(1) Je veux citer un court passage d'une brochure écrite par le colonel Fabvier, qui manie aussi bien la plume que l'épée : on est heureux de trouver des alliés parmi des hommes d'un si noble caractère.

« J'aimerais assez qu'on donnât ce nom » (canaille) à tous ceux qui cherchent à » troubler leur pays. Mais je n'ai pu bien » encore définir ce mot. Je pense qu'aux yeux » de certaines gens on est de la canaille, » quand, pour le moindre salaire possible, » on offre le plus de travail possible.

» Je ne connais point de classes obscures » dans la nation française, toutes ont brillé

nomme des empoisonneurs. Il ne fait grâce qu'à ceux qui plaident la cause de la vieille aristocratie.

— Avez-vous entendu parler de la *Politique de poche*, par le *Père Michel?*

—Je suis un fidèle des vallées chouannes et vendéennes, un admirateur de Wellington, un allié intime des coalisés de Pilnitz et de la sainte-alliance; je suis Français comme un Suisse; je

---

» du même éclat; et, il faut l'avouer, la
» palme du patriotisme et de l'humanité est
» demeurée généralement à celles qu'on ap-
» pelle inférieures. On les voit supporter
» tous les fardeaux qu'impose la patrie, et
» aller au-delà, quitter leurs moissons pour
» aller à la frontière. Mais toujours nobles,
» toujours fières, on ne les voit pas aux fêtes
» des étrangers vainqueurs.

» Des hommes obscurs ! je n'en connais
» que ceux qui, par leur oisiveté, leur igno-
» rance, leurs vices, le sont toujours quelque
» part que le sort les place. »

crois à la monarchie de droit divin, à la nécessité de l'aveugle soumission du peuple, et de l'abolition de la Charte. Je ne lis pas les pages dégoûtantes des *sauvages de la civilisation*, ou, ce qui est la même chose, de ces constitutionnels qui ne sont que d'épouvantables démagogues.....

Mon cocher avait raison.....

On va peut-être prendre mon récit pour une histoire faite à plaisir ; mais je proteste qu'il est conforme à la vérité.

Mon premier interlocuteur est propriétaire de deux cabriolets, et loge non loin de la Porte Saint-Martin ; il est borgne ; il est petit, âgé d'environ 40 ans ; il a été conducteur de travaux dans les ponts et chaussées : c'est assez en dire pour aider les curieux dans leurs recherches s'ils veulent en faire. Mais pour leur causer encore plus de surprise, je vais leur indiquer deux *artistes décroteurs* employés sous la galerie vitrée du Palais-Royal, que l'on peut voir très souvent, quand ils n'ont pas d'ouvrage, occupés à résoudre des équations des 3e. et 4e. degrés.

M. S. S.

LIVRES NOUVEAUX.

Il a paru il y a quelque temps une brochure de dix-huit pages, intitulée: *Que les Ministres et autres Fonctionnaires publics ne soient pas admis à la représentation nationale.* C'est un projet de pétition au Corps-Législatif. (1)

L'auteur ne se nomme point, parce que, dit-il, on ne signe pas un projet de pétition; mais il prévient que son nom ne sera point un mystère pour ceux qui voudront le demander à l'imprimeur.

Nous n'avons pas besoin de recourir

_____

(1) A Paris, chez L'Huillier, Delaunay, et Mongie, libraires.

à M. Renaudière pour reconnaître, au style et aux vues éminemment patriotiques de ce petit écrit, la plume d'un jeune homme connu pour s'être exercé déjà sur plusieurs sujets d'intérêt public. Nous l'engageons à persévérer dans ses principes, et à consacrer ses veilles à la défense de nos droits constitutionnels, dût-il lui arriver, comme pour la brochure que nous annonçons, d'être copié tout au long dans *l'Homme Gris*, et dans d'autres ouvrages qui n'ont seulement pas daigné le mentionner.

AVIS.

Une personne devant une somme d'argent au général Alix, désirerait la lui faire passer. Présumant que quelques-uns de nos concitoyens correspondent avec cet infortuné, nous les invitons à nous transmettre le lieu de sa retraite le plus tôt possible.

FIN DU TOME VIII.

composer l'esprit, s'il était assuré que son patriotique projet.

Le Père Michel n'est pas avare, et, si le public le seconde, il ne dit pas tout ce qu'il fera par la suite pour contribuer à l'instruction de ce bon peuple français, à la défense et à l'utilité duquel il consacre son Petit Livre.

On souscrit dans tous les bureaux de poste, chez tous les libraires des départemens, et à Paris, chez

POULET, Imprimeur-Libraire-Éditeur, quai des Augustins, n°. 7;
PLANCHER, Libraire, rue Poupée, n°. 7;
DELAUNAY, Libraire, Palais-Royal.

L'abonnement est de 9 fr. pour 12 vol. qui contiendront 1300 pag. Cette première livraison sera faite en moins de trois mois, et sera continuée indéfiniment au gré du public, si le Père Michel a le bonheur de lui plaire.

L'argent, les lettres et les paquets doivent être adressés, *franc de port*, à M. Poulet fils, Éditeur, quai des Augustins, n°. 9.

Imprimerie de POULET, quai des Augustins, n. 9.

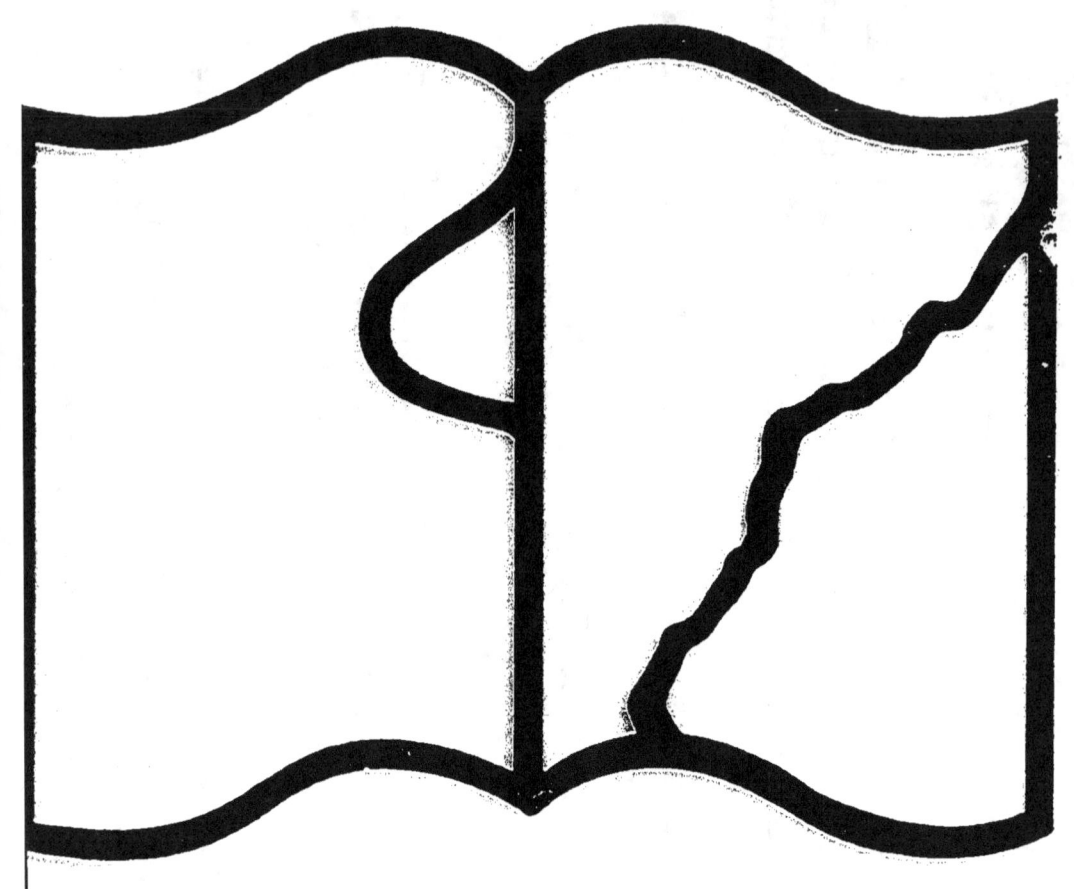

Texte détérioré — reliure défectueuse

NF Z 43-120-11

www.ingramcontent.com/pod-product-compliance
Lightning Source LLC
Chambersburg PA
CBHW051553280626
47162CB00022B/2175